LES DEUX

NAPOLÉON.

LES DEUX

NAPOLÉON.

BASTIA

DE L'IMPRIMERIE FABIANI.

—

1865.

LES DEUX

NAPOLÉON [1]

Corse, voilà tes fils! triomphe, heureuse mère.
Ils ne sont plus ces jours de deuil et de colère,
Où le fer ennemi, de ton sang abreuvé,
Trouvait de tes martyrs le fer toujours levé;
Où de ta guerre sainte héroïque victime,
Tu tombas, en laissant un exemple sublime;
Où ton dernier soupir, par l'Europe écouté,
Fut encor une gloire, un cri de liberté!

Neveu de l'Empereur et sa vivante image,

Le Prince encore aimé que naguère, au rivage,

Après ce long exil, qui semblait éternel,

Tu pressais en pleurant sur ton sein maternel,

T'amène avec orgueil sa royale famille.

D'un héros couronné sa compagne est la fille.

Comme il parle au Sénat il vient de te parler.

Le Ciel, qui de ses dons se plut à le combler,

Le fit digne du rang où sa reconnaissance,

Si des jours orageux se levaient sur la France,

Veillant sur l'héritier du sceptre paternel,

Conserverait Joas aux tribus d'Israël.

Le premier de tes fils qui porta la couronne,

Qui de trônes brisés se fit lui-même un trône,

Vient habiter ces murs, pour toujours cette fois.

Il vient, environné d'un cortége de rois :

Ils sont tous tes enfants! l'un d'eux remplit la terre...

Rome de son César devait être moins fière !

Où trouver dans le monde un spectacle plus beau?

Vois pour tous la statue à côté du berceau !

Méprisant les frayeurs et les jeux de l'enfance,

C'est ici, l'œil tourné vers le ciel de la France,

Que s'enivrait de poudre et du bruit du canon

Le merveilleux enfant qui fut Napoléon.

Dans une grotte assis, souvent près du rivage,

Pensif, il contemplait les fureurs de l'orage,

Et les vents, les éclairs et la foudre en éclats

Lui traçaient sur les flots l'image des combats...

Et puis, quand il dormait, au pied des pyramides [2]

Il voyait des turbans et des coursiers rapides,

Son cheval de bataille et ses naseaux fumants ;

Il entendait l'orgueil de ses hennissements

Qui, mêlés dans les airs aux cris de la victoire,

Demandaient à son maître une part de sa gloire.

Il écoutait, rêveur, tout un monde vieilli

Dans le gouffre du temps crouler enseveli,

Puis, sublime ouvrier, de sa main créatrice,

Fondait sur ses débris le nouvel édifice.

Aux temples profanés il rendait les autels,

Et nous donnait ces lois, ces codes immortels,

Qui, puisés au trésor de la sagesse antique,

Couronnèrent enfin l'unité monarchique.

Il voyait le désert, le Thabor, le Jourdain,

Les voiles de Nelson, les Alpes, l'Apennin.

Dociles instruments de l'idée autrichienne,

Ces Princes qui n'étaient que les Préfets de Vienne,

Couraient à leurs trésors et fuyaient éperdus.

Il passait, et Wurmser, Alvinzy n'étaient plus.

Courbé sous les lauriers du Nil et de l'Adige,

Du grand Carthaginois surpassant le prodige,

Des monts qu'habite l'aigle il réveillait l'écho;

Étonnait l'univers aux champs de Marengo.

Du front de nos aïeux il effaçait Pavie,

Et laissait à genoux l'Allemagne asservie.

De Vienne et de Berlin s'abaissaient les remparts;

Dans le lit d'un soldat la fille des Césars,

Sortant de Notre-Dame, allait prendre sa place,

Sans craindre d'offenser tous les rois de sa race!

Dans ses vastes desseins quand son esprit flottait,

Son aigle dans les cieux aussitôt remontait,

Et, descendant, superbe, à travers le nuage,

Du Dieu qui fait les rois apportait le message.

Il entendait : Arcole, Austerlitz, Friedland :

Tous ces noms radieux qui le firent si grand !

Il fut, comme Moïse, un envoyé céleste;

La France l'attendait : le monde sait le reste...

Le monde sait aussi que Napoléon trois

Le fait vivre et régner une seconde fois.

Par Dieu même choisi, le bras de Dieu le couvre.

La Seine qui naguère a vu finir le Louvre,

De nouvelles splendeurs surprise tous les jours,

Pour admirer Paris semble arrêter son cours.

A sa voix le travail remplace la misère.

Il donne au toit du pauvre et l'air et la lumière;

Fait pour lui des bosquets, des ruisseaux murmurants,

Des parcs et des jardins plus beaux que ceux des grands.

La fille de l'Espagne, ornement de son trône,

Qui de grâce élégante et de beauté rayonne,

Refuge du malheur, sait que la charité

Est la plus douce offrande à la Divinité.

Il connaît les périls de la toute-puissance.

Il ne hait et ne craint pour notre belle France

Que cette liberté qui massacre Féraud,

Et du sang le plus pur inonde l'échafaud ;

Qui, n'ayant plus de roi, dans sa féroce ivresse,

Demande en rugissant la reine et la princesse ;

Porte dans les prisons ses yeux étincelants,

Et de sang et de vin ses haillons ruisselants ;

Puis, son œuvre finie, aux salaires infâmes

Tend la main qui tua les prêtres et les femmes ; [5]

Outrage la victime, immole Lavoisier,

Malesherbes, Bailly, le gracieux Chénier,

Que berça dans les fleurs la Muse d'Aonie,

Chénier, le dernier grec, l'aurore du génie,

Cygne mélodieux que la Gloire a vengé,
Et qui chantait encor quand il fut égorgé !

France, ne crains que toi, reste en paix au rivage,
Sois le flambeau du monde, après ce grand naufrage
Ne tente plus le Ciel, et que ce souvenir
Des horreurs du passé préserve l'avenir !
La liberté, ce droit que tout peuple réclame,
L'honneur des Nations et l'air vital de l'âme,
L'Empereur l'a promise et veut nous la donner :
Qui connaît mieux que lui le grand art de régner?
Seulement, par degrés il sait nous y conduire :
Toujours loin de l'écueil veillant sur le navire,
Il modère le feu, règle le mouvement,
Et, prévenant l'éclat, prévient l'embrasement.

Malgré le poids du sceptre, épris de toute gloire,
Comme écrivait César il écrit son histoire.

Il ne voit de repos que dans l'éternité;

Chaque jour le consacre à l'immortalité.

Les peuples et les rois, quand il parle à la France,

Écoutent sa parole et même son silence.

La tempête s'apaise au signe de sa main;

Le monde attend de lui les arrêts du destin.

Naguère sous nos pas il a fermé l'abîme.

Il joint à nos grandeurs une page sublime :

Le Czar qui dut, hélas! à des cieux ennemis

La mort de nos héros sous la glace endormis,

Devant Sébastopol a vu ce que nous sommes :

Nous n'avions, cette fois, à vaincre que des hommes...

Ivre de sang chrétien, le fer mahométan

Épouvantait Damas, dépeuplait le Liban :

Nouveaux soldats du Christ, dans les flots de l'Oronte

Les enfants des Croisés ont lavé cette honte.

Nice nous rend son ciel, amour de l'étranger,

Sa corbeille de fleurs, ses parfums d'oranger.

La Savoie, aux Romains si rebelle et si fière,

Du haut de ses glaciers garde notre frontière.

L'Italie a brisé la pierre du tombeau.

Vainqueur de l'anarchie, un empire nouveau

Grandit sous nos lauriers aux bords de l'Atlantique.

Vers les rives d'Asie et celles de l'Afrique

Nos vaisseaux redoutés ont des chemins ouverts :

L'Aigle de Magenta plane sur l'univers,

Et toujours et partout la Gloire l'accompagne.

La France d'autrefois n'a vu qu'un Charlemagne :

Aux siècles à venir léguant un si grand nom,

La France de nos jours voit deux Napoléon !

A. JOURDAN,

Président à la Cour Impériale de Bastia.

NOTES.

---

(1) Ces vers ont été publiés à Ajaccio le 15 mai 1865, jour où la patrie de Napoléon Ier a inauguré sa statue et celles de ses quatre Frères.

(2) L'ordre chronologique des événements n'a pas toujours été suivi : quant à ceux du premier empire, il suffit d'observer que c'est dans un songe que le jeune Bonaparte a la révélation de sa grandeur future.

Quant au règne actuel, il n'est pas nécessaire de dire qu'un chant de triomphe n'est pas une chronique.

Pictoribus atque Poetis
Quidlibet audendi semper fuit æqua potestas.

(3) Chaque égorgeur reçut 24 livres.